C000171287

Confetti
A COLAZIONE

AURA CONTE

"CONFETTI A COLAZIONE"
di Aura Conte

TRAMA

Vera Reid è la più grande di quattro sorelle ma soprattutto, una wedding planner fissata con il suo lavoro.

Da circa due anni gestisce *Confetti,* uno showroom che si occupa dell'organizzazione di matrimoni di ogni tipo dalla A alla Z, insieme alle sue tre sorelle e suo padre.

Il sogno di Vera è quello di ampliare il suo negozio acquistando quello vicino ma purtroppo, quando questo viene messo in vendita, l'immobile le viene soffiato sotto al naso in meno di ventiquattrore.

Il nuovo proprietario dell'immobile si chiama James Grant ed è un famoso pasticciere dall'aspetto da bello e dannato, conosciuto in tutto lo stato del New Jersey.

Differentemente da Vera e dalle sue sorelle,

James odia i matrimoni e tutto ciò che comporta dei legami duraturi. La sua è una vera e propria idiosincrasia, tanto da non aver mai realizzato una torta di matrimonio.

Tuttavia, quando la banca e l'assicurazione iniziano a dargli qualche problema, prima e dopo l'apertura del suo nuovo punto vendita, il *Delicious Sin*, James è costretto a scendere a compromessi e ad accettare di collaborare con lo showroom di Vera, anche se entrambi non si sopportano e sembrano avere due modi diversi d'intendere la vita e il lavoro.

Per lei il matrimonio è solo un business.
Lui è un "cinico" che odia i legami.
Chi si innamorerà per primo?

"***Confetti a colazione***" è il primo romanzo breve della serie *Confetti*, una raccolta di commedie romantiche e leggere sulle sorelle Reid.

I libri della serie in ordine temporale:
1) Confetti a Colazione.
2) Confetti in Passerella.
3) Confetti & Kilts.
4) Confetti Rock & Roll.

"La maggior parte della gente si merita a vicenda."

- Arthur Bloch –

CAPITOLO I

Vera Reid

CINQUE MESI PRIMA

Il matrimonio.

Quel giorno speciale che fin dall'infanzia centinaia di migliaia di bambine immaginano come un sogno da realizzare.

Il giorno più importante della loro vita.

Il giorno in cui tutti i loro sogni diventeranno realtà.

Come si può odiare qualcosa del genere? Non si può e non si deve!

Per questo motivo ci sono persone come me.

Persone che non hanno mai sognato di sposarsi, di indossare l'abito bianco e percorre la navata per convolare a nozze con l'uomo perfetto.

Bensì, esseri umani in grado di decidere per gli altri quale abito indossare, dove sposarsi, qual fiore scegliere in base alla sposa e alla location, quale torta e quale gusto sia migliore per rendere felici tutti gli invitati.

Persone intelligenti, individui che sanno perfettamente che il matrimonio non è solo un momento di realizzazione personale, bensì un business.

Perché se c'è qualcosa a questo mondo che non conosce tempi morti o crisi… sono i matrimoni.

Può succedere di tutto: possono scoppiare guerre, ci possono essere inondazioni, possono cambiare i papi… eppure i matrimoni si svolgono sempre, ovunque.

Non importa arrivare al fatidico *sì*, ma organizzare le nozze fino a giungere a quell'istante.

Perché, a quel punto, i clienti hanno già pagato per il pacchetto completo.

Ed è per questo motivo che ogni mattina mi alzo, vado a prendere il mio caffè decaffeinato al bar sotto casa mia e mi dirigo a bordo della mia auto dritta verso il mio posto di lavoro.

Una sicurezza, una miniera d'oro situata a pochi passi dal boardwalk di Atlantic City.

Ecco che cosa penso ogni volta che parcheggio davanti al nostro showroom, *Confetti*[1]... soldi.

Tre generazioni di donne si sono alternate nella gestione di questa impresa di famiglia e da due anni, la patata bollente è passata nelle mie mani e in quella delle mie tre sorelle: Carol, Alyson e Katie.

Ovviamente, siamo tutte e quattro single perché dobbiamo concentrarci sul nostro business, mica possiamo pensare agli uomini!

Fisso l'insegna e poi sposto lo sguardo verso quello che in futuro sarà il mio prossimo obiettivo.

Realizzerò ciò che mia nonna non è riuscita a fare, ampliare lo showroom e migliorare il nostro angolo di paradiso.

Lì, dove in questo momento c'è una bellissima insegna con scritto vendesi e ben cinque vetrine vuote.

---

[1] *Confetti*: in inglese con il termine "*confetti*" ci si riferisce ai "*coriandoli*" di diverse dimensioni, i quali vengono utilizzati durante le celebrazioni. Nei matrimoni americani, i *confetti* vengono utilizzati al posto o insieme al "riso". Il termine è molto comune nei paesi anglosassoni in riferimento ai matrimoni. Anche la frase "*Breakfast Confetti*" è spesso utilizzata (e conosciuta come ricetta culinaria: omelette alle verdure e bacon) ovvero: *confetti a colazione*.

Già riesco a immaginare la nuova ala dello showroom, tanti abiti da sposa esposti in ognuna di quelle vetrine, indosso ai nostri bellissimi manichini.

Faccio un lungo respiro e colma di gioia, mi avvio verso il negozio.

Appena entro, mi avvicino al bancone e fisso mia sorella Alyson, la quale sta controllando uno dei tanti abiti da sposa, circondata da stoffe di ogni tipo.

«Grazie al cielo, sei arrivata. Ti devo parlare con urgenza!» mi blocca immediatamente Carol, raggiungendoci.

Sono le otto e dieci del mattino, ho compiuto meno di dieci passi all'interno dello showroom e come sempre, non faccio in tempo ad arrivare al mio ufficio che già iniziano i problemi.

Con un piccolo gesto, la invito ad aspettare un minuto, il tempo di bere l'ultimo sorso di caffè e poi, la faccio sfogare.

Se non ci fossi io in questo posto, saremmo rovinati!

«Ho parlato con Jean Gabin, non ce la faccio più! Ha ricominciato a lamentarsi sul suo status di grande chef. Vuole scegliere ogni singolo dolce, indipendentemente dai gusti degli sposi. Ti prego, chiamalo e fallo ragionare, ha proposto una torta al cioccolato e lo sposo ne è allergico. Non riesco più a gestire Gabin, mi fa solo venire voglia di strozzarlo!» si lamenta Carol, infuriata.

Lei è la responsabile del catering e ultimamente, il nostro pasticciere di fiducia non smette di farla impazzire. Soprattutto, da quando ha partecipato a un talent show di cucina su una rete locale di Atlantic City.

Da quel momento, è diventato uno dei pasticcieri più conosciuti della città e ha iniziato a dare di matto, sentendosi una celebrità.

«Maledetto talent show, di sicuro vorrà un aumento come l'ultima volta. Lo chiamerò nel pomeriggio, prima non posso. Devo incontrare la sposina del matrimonio Jefferson. Mancano pochi mesi alle nozze e ancora non ha scelto il vestito…» dico a Carol, provando a tranquillizzarla.

«È già qui, sta provando di nuovo l'abito a sirena di Donna Karan» mi interrompe Alyson, puntando il dito verso i camerini dell'area abiti da sposa.

«Di nuovo? Ma sarà la quindicesima volta! Quanto ci vuole per decidere uno stupido abito da sposa?» sbraito.

«Decisamente molto di più che per acquistare un negozio…» si lamenta all'improvviso Katie, appena arrivata a lavoro. Subito dopo, getta sul bancone un giornale e mi fa cenno di leggere.

Dio mio, non può essere!

Quando cavolo è accaduto?

No!

«Questo è un incubo e sto ancora dormendo!» strillo, leggendo le prime righe dell'articolo.

«Che cosa c'è scritto?» domanda Carol.

«Oh, cavolo!» si lamenta Alyson, controllando l'articolo.

Chi diavolo è questo James Grant e come ha osato soffiarmi sotto al naso e in meno di una settimana, il mio futuro negozio di fianco a *Confetti*?!

***

CINQUE MESI DOPO

Finalmente si è degnato di venire a controllare i lavori, maledetto bastardo!

È questo un miracolo?

Sto seriamente vedendo un coupé parcheggiato davanti al negozio accanto al nostro?

Per cinque mesi di fila, il nostro nuovo vicino non si è fatto vedere o sentire. Tuttavia, i suoi muratori e collaboratori non hanno fatto altro che martellare per ristrutturare il *suo* negozio dalla mattina alla sera.

Hanno disturbato senza sosta e in modo ineducato tutti noi dei negozi vicini.

Ma ora, finalmente, lui è qui.

James Grant.

Il male fatto uomo.

Appena noto la portiera del suo coupé aprirsi, attendo con impazienza di osservarlo per bene.

Sono ferma in piedi a un passo dall'entrata dello showroom e non ho alcuna intenzione di andare via.

Conosco il suo aspetto fisico, la sua data di nascita e altre diverse informazioni che lo riguardano, negli ultimi mesi l'ho stalkerato online e ne vado fiera.

Per abbattere un nemico bisogna conoscere tutto di lui... anche il nome del suo cane.

James Grant è un pasticciere di fama internazionale, il quale non ha fatto altro che costruirsi una carriera splendida, con un curriculum da favola.

Tuttavia, da quel che ho letto nelle interviste, visto nei video on-line e sospettato fin dal primo momento, l'uomo davanti a me è un vero stronzo.

Mr. Grant crede di essere Dio in terra, disprezza tutto ciò che a che fare con i matrimoni e soprattutto, le donne... le colleziona, in serie. Le bionde, le brune, le rosse.

Lo vedo scendere dall'auto con i suoi capelli leggermente ondulati e giusto quel po' di barba da uomo "navigato" che fa impazzire le donne (ma non me, perché io non cedo a certe cose).

Cammina come se fosse il padrone del mondo.

Ha scritto sulla fronte *uomo alfa convinto di se stesso*. Anche la sua auto ne è la prova: un coupé duetto cabrio, perché a lui basta un solo posto extra: quello per la donna del giorno.

Siamo a Maggio e ad Atlantic City; non siamo in Alaska ma fa freddo! Eppure, lui sembra incurante di tale cosa.

Infatti, James è giunto qui sul boardwalk con i suoi Ray-Ban e ha deciso di fare l'uomo bello e pericoloso, guidando con il tetto dell'auto abbassato.

«Maledetto! Che tu possa annegare nell'oceano Atlantico!» impreco ad alta voce tra me e poi, mi avvio verso il mio showroom.

Appena entrata, ascolto le mie sorelle lamentarsi, fissando fuori dalla vetrina del nostro negozio.

A quanto pare, lo hanno notato anche loro.

«Lasciate stare quel pover'uomo e tornate al lavoro! Certe volte, siete uguali a vostra nonna. Quattro figlie femmine e una suocera psicopatica. Come ho fatto a ridurmi in questo modo?» si lamenta nostro padre, appena ci becca a fissare il nuovo vicino.

Le mie sorelle si allontanano dalla vetrina ma io rimango ferma a controllare.

«Vera? Mi hai sentito? C'è del lavoro da fare…» aggiunge mio padre, oggi in negozio per darci una mano con delle spedizioni.

Lui non può capire, ormai è vedovo e pensionato.

Non può comprendere che cosa voglia dire competere con i giovani alfa di questo millennio.

«Entro sei mesi quel negozio sarà mio!» dichiaro.

«Ecco, esattamente… uguale a tua nonna.»

CAPITOLO II

James Grant

Lo osservo da lontano per qualche istante, ancora incredulo per avercela fatta.

Dopo anni trascorsi come socio in una delle migliori pasticcerie di Trenton, ora posso godermi un locale tutto mio.

Il *Delicious Sin.*

Per mesi ho dovuto gestire a distanza l'apertura perché impegnato fuori città, ma da oggi voglio godermi a pieno il mio negozio a pochi passi dal boardwalk di Atlantic City e quando possibile, anche qualche turista o cliente.

Questo posto mi sta costando un occhio della testa ma so che con il tempo riuscirò a rientrare con le spese.

Forse non quest'anno, magari tra tre anni, ma non ho alcuna intenzione di mollare proprio ora.

Cambiare la licenza, trasformare un vecchio negozio di scarpe in una pasticceria moderna, è stato stressante. Non dormo da circa cinque mesi, dal primo giorno in cui ho acquistato l'immobile in questione nella città dove sono nato.

Scendo dall'auto e compio alcuni passi verso il mio negozio. Ciononostante, quasi subito, mi sento osservato.

Qualcuno mi sta fissando ma non riesco a capire dove.

Controllo nei dintorni nascosto dietro i miei occhiali da sole da trecento dollari e poi, la noto.

C'è una donna infuriata che mi sta guardando appollaiata dietro la vetrina del negozio accanto al mio.

La controllo per bene, non vorrei che sia una delle mie tante ex.

Poi, sposto lo sguardo verso l'insegna e leggo «*Confetti - Bridal showroom*».

L'unico difetto di questo edificio? Il negozio di fianco.

Appena ci penso, mi viene l'orticaria!

Da oggi dovrò lavorare a pochi passi dalla mia nemesi… il matrimonio.

Le tre cose che odio più di tutto al mondo? I matrimoni, i pasticceri che preparano torte nuziali e le donne fissate con certe cose.

Controllo meglio il negozio a me vicino e mi rendo conto che possiede due vetrine in più, rispetto al mio.

Non se le merita!

Non capisco come qualcosa del genere possa fare tanti soldi, soprattutto più di una pasticceria seria.

Mai e poi mai mi abbasserò a certi livelli, come fa quel Jean Gabin… il vincitore del talent show più famoso di Atlantic City.

So che fornisce tantissimi showroom e locali pur di farsi pubblicità, pur di primeggiare sugli altri.

Che tristezza!

«Alfredo!» strillo, appena entrato in negozio. Ci sono ancora degli operai impegnati a lavorare.

Urlo alla ricerca del mio commis, fin quando Alfredo non appare sulla soglia della porta che conduce nel giardino sul retro.

«Capo, tutto bene? Stavo sistemando di là» mi saluta e subito dopo, mi segue in cucina perché nella sala principale non si può comunicare.

«Hai notato la tizia del negozio qui vicino? L'ho appena beccata a fissarmi da lontano e lamentarsi» domando ad alta voce.

«Quale delle tante? Sono quattro ragazze, non una» mi rivela.

«Non so. Quella di stamattina era alta, con i capelli castani e l'aria da assassina» rispondo.

«Ah, quella! Sì, è la manager del negozio. Ogni volta che vede uno di noi, lo maledice. Tanto che alcuni dei nostri operai si fanno spesso il segno della croce, perché si sono fatti male dopo che l'hanno incontrata» mi informa.

La cosa non mi stupisce, stamattina mi è apparsa parecchio incazzata, anche se fisicamente è abbastanza carina.

Un vero peccato che sia così fissata con i matrimoni.

In fondo, non sarebbe male riuscire a trovare una ragazza carina con la quale *divertirsi* vicino al negozio. Così da avere sempre qualcosa in caldo, anche nelle giornate più fredde.

«Hai parlato con gli operai? Ti hanno riferito se riusciranno a finire in tempo per l'inaugurazione?»

«Sì, capo. Tranquillo. La pasticceria sarà pronta per giovedì mattina» afferma e nemmeno un istante dopo, sentiamo un frastuono giungere dalla sala principale, dove corriamo entrambi.

«Capo, per caso, la ragazza di prima ti ha detto qualche cosa? Ti ha maledetto?» mi domanda Alfredo, entrando in sala dietro di me.

Merda, uno dei tubi del bancone sta schizzando acqua da tutte le parti! Non abbiamo davanti una semplice perdita ma una fottuta inondazione!

E sì, sto annegando come augurato dalla manager dello showroom!

***

L'inaugurazione di ieri è andata più che bene.

Infatti, mi sono fatto una ragazza durante la festa e una seconda donna subito dopo, nel mio appartamento.

Già abbiamo quattro prenotazioni per delle feste che si svolgeranno da qui ai prossimi due mesi. Non mi posso lamentare né come uomo, né come pasticciere.

Tuttavia, ogni volta che metto piede all'interno di questo locale, percepisco una strana energia.

Non so, non capisco.

Non voglio credere a quello che mi hanno riferito gli operai prima di andarsene, ovvero che le tizie di *Confetti* siano quattro streghe.

Anche se, pochi giorni dopo il mio arrivo: la sala principale si è trasformata nel Canal Grande di Venezia, il forno ha smesso di funzionare, due impiegati hanno contratto la polmonite e un tavolo pieno di dolci si è ripiegato su se stesso durante la festa d'inaugurazione… senza che nessuno lo toccasse.

Ciononostante, voglio mantenere un certo ottimismo.

Dopo il pesante lavoro che hanno sostenuto negli ultimi giorni, ho deciso di dare la mattinata libera a parte dei ragazzi del *Delicious Sin* e di occuparmi di ogni cosa per le prossime ore. Il weekend sarà molto pesante e ho bisogno di tutti i miei impiegati ben in forze.

Detto questo, insieme a due assistenti, mi sto dedicando alla preparazione di diverse omelette e alcuni dolci per la colazione odierna.

Quando si prepara un croissant, non bisogna mai trattenersi nella farcitura.

Un croissant poco farcito è un croissant triste.

Un dolce del genere aiuta a inquadrare perfettamente un locale e il suo proprietario. Un pasticciere che risparmia sul contenuto di un dessert, cerca solo di fare business.

Un cliente felice di prima mattina, sarà un cliente abituale del proprio negozio.

Perché le ore antimeridiane sono il momento peggiore della giornata.

Quando sei disperato e non vuoi andare a lavorare, ci vuole qualcosa in grado di convincerti ad alzare il culo e iniziare la tua giornata di stress.

Fisso l'orologio, poi mi avvicino all'entrata e cambio il cartello da *Chiuso* ad *Aperto*, per informare i clienti dell'apertura del negozio.

Sono circa le 7:20 del mattino, a questa ora si fanno vedere in zona soltanto i proprietari dei negozi e degli uffici del boardwalk.

Compio a malapena tre passi e all'improvviso, mi sento fissato. Controllo attraverso la vetrina del *Delicious Sin* e la vedo, sembra che stia venendo qui.

La manager di *Confetti*… la strega a capo della congrega che compie sortilegi nel negozio di fianco, tra un abito da sposa e un volantino con le ultime offerte sui viaggi di nozze.

Mi avvicino velocemente al bancone e mi posiziono per servirla.

Lei entra nel mio locale come se stesse calpestando dei vetri rotti, guardando tutto ciò che la circonda con disgusto.

Le sto sui coglioni, questo l'ho capito ma non è una ragione valida per osservare il mio locale in questo modo!

«Posso fare niente per lei?» le domando.

Lei sposta lo sguardo e mi fissa per qualche istante.

Ha indosso un vestito molto aderente e sexy.

Ciononostante, preferisco passare. Se lavorare vicino a lei, riesce a suscitarle certe reazioni, andarci a letto insieme deve essere un'impresa impossibile.

Troppo perfettina. Si nota da lontano un miglio... questa tizia si prende troppo seriamente e di sicuro, fa la stessa cosa con i matrimoni.

No, grazie.

Già la immagino a preparare il suo matrimonio perfetto, con tanto di marito al guinzaglio come un povero cane.

Il sol pensiero mi fa venire i brividi.

Un film horror per feticisti fissati con il BDSM. Per sadici e company.

«Sì, sono qui per un caffè e per assaggiare qualcosa» risponde, avvicinandosi al bancone.

Poi, inizia controllare tutti dolci che abbiamo già esposto e infine, fissa i croissants.

«Un croissant alla crema da portare via e un caffè decaffeinato» ordina, altezzosa.

Mamma mia, che soggetto!

Se fossi un patito del suo business, le darei pan per focaccia, entrando nel suo negozio… ma fortunatamente odio il matrimonio.

Le persone dovrebbero godersi la vita e il sesso senza legami, fino all'estinzione della razza umana.

Inoltre, l'idea di cambiare pannolini a dei bambini mi provoca inquietudine.

La servo con molta lentezza e nel frattempo, la studio.

Lei mi guarda male senza battere ciglio, la sua presenza risulta estremamente inquietante. Pertanto, ricambio, comportandomi allo stesso modo.

Chi si crede di essere questa pazza psicopatica fissata con i matrimoni?

«Desidera altro? Purtroppo, non abbiamo calderoni pieni di leccornie o scope per streghe, ma se vuole, posso fargliele avere entro il trentuno Ottobre» affermo, nascondendo un sorriso.

All'istante, la vedo sussultare e subito dopo tale reazione, la strega davanti a me inizia a guardarmi con odio e disprezzo.

Non si merita altro, dopo le maledizioni che ha scagliato su di me e il mio negozio.

«Lo so che cosa dicono in giro i suoi operai e i suoi impiegati, ma né io né le mie sorelle siamo delle streghe. Siete voi quelli che siete venuti qui e avete deciso di usurpare la nostra nuova ala del negozio!» rivela, incuriosendomi.

«Nuova ala?»

«Sì, voi del *Delicious Sin* non mi avete neanche dato il tempo di andare all'agenzia immobiliare e fare la mia offerta per questo negozio. Lo avete comprato nel giro di ventiquattr'ore! Ma tanto io non vado da nessuna parte e prima o poi, sarà mio! Il suo negozio fallirà da qui a sei mesi!» dichiara, puntando il dito verso di me dall'altra parte del bancone.

«Ne è sicura? Secondo le statistiche, i matrimoni sono in calo. Siamo sicuri che sarà la mia

pasticceria a chiudere e non il vostro showroom?»
le domando, acido.

La fisso mentre paga il suo croissant, è isterica.
Poi, afferra con forza il pacchetto dalla mia mano.

Infine, la vedo uscire come una furia dal
Delicious Sin e subito dopo, scoppio a ridere per
almeno venti minuti.

Ora so come innervosirla.

Domani mattina appenderò un cartello sulla
vetrina del negozio, per ringraziarla della sua
ultima maledizione.

Croissants gratis per tutti i single.

CAPITOLO III

Vera

Quel maledetto cartello è ancora lì.

La cosa peggiore? Quell'infame di mia sorella Alyson ne sta approfittando! Così ogni mattina, per colazione, manda una delle nostre commesse a comprare dolci al negozio di quel maledetto bastardo!

Quel deplorevole uomo lo sta facendo di proposito, per mettere in crisi i nostri clienti. Nello specifico, quelli indecisi sul convolare a nozze.

Il solo pensiero mi fa venire voglia di spaccare in testa a James Grant il tablet che stringo tra le mie mani.

Poi, però, mi ricordo che in questo istante sto cercando di gestire un'intera cerimonia, in una bellissima location, e non posso permettere a un soggetto del genere di suscitarmi alcuno stress.

«Carol! Corri dall'altra parte e smettila di lamentarti. Dobbiamo portare i dolci nell'altra stanza, riferiscilo ai camerieri!» strillo.

Oggi mi sento circondata da bradipi!

«Josè, dove stai andando con quelle tartine? Torna indietro e portale agli invitati! Dove sono i fiori extra che avevo richiesto?» sbraito.

Mi allontano dalla cucina e vado a controllare personalmente la sala principale, dove gli invitati stanno consumando un aperitivo prima di passare al pranzo.

Gli sposi sono arrivati da circa dieci minuti e il vestito di lei sembra già stropicciato.

Dannazione, devo trovare Alyson. Non voglio pensare a come verranno le foto!

Delle urla provenienti dalla cucina, però, mi fanno fare un passo indietro e tornare dove ero prima.

Appena entro, vedo un cataclisma accadere davanti ai miei occhi.

Due dei testimoni dello sposo stanno giocando con dei pezzi della torta di nozze.

«Andate via, incivili!» si lamenta Jean Gabin, il nostro pasticciere da talent show.

«Oh mio Dio!» dice Carol, osservando la scena.

All'improvviso, Jean Gabin afferra un mestolo e inizia a minacciare uno dei testimoni.

Quest'ultimo lo guarda con aria di sfida e poi, affonda una mano al centro della torta per provocarlo, rovinandola per sempre.

«Basta, io mi licenzio!» strilla Gabin. «Tutto questo è inaccettabile! Io sono un pasticciere serio! È la terza volta che accade! Voi invitati siete dei porci! Non posso vedere il mio lavoro distrutto in questo modo!»

«No, ti prego. Sono ubriachi, non lo vedi?» Katie cerca subito di mediare.

Io intanto fisso allibita ciò che sta accadendo, anche perché la situazione precipita in pochi attimi.

Il primo testimone dello sposo decide di staccare dalla torta una delle decorazioni e mangiarla compiaciuto.

Tutto ciò fa esplodere Jean Gabin che inizia togliersi il grembiule e a urlare, imprecando in francese.

«Fichus Américains!²» mi insulta, sul ciglio della porta. «Io ho chiuso con voi! Voi americani non capite nulla dell'arte culinaria!»

Lo guardo andare via, rimanendo in silenzio, senza battere ciglio.

Non so se essere felice per essermi tolta dalle palle un soggetto del genere oppure avere un attacco di panico.

Chi diavolo preparerà la torta del matrimonio dei Jefferson?

***

Mi ripeto da tre giorni che non devo piangere o dare di matto, ed è per tale ragione che in questo momento sto acquistando un nuovo paio di scarpe.

Lo shopping di bellissime scarpe da quattrocento dollari mi calma. È come fare una seduta di yoga con un monaco buddista venuto dal Tibet.

Un essere in grado di tranquillizzarmi e ristabilire la pace interiore.

---

² *Fichus Américains*: maledetti americani!

Secondo mia sorella Katie, ho bisogno di prendere qualche ansiolitico. Per ora, anziché parlare come una persona normale, strillo di continuo… perché sì, sono terrorizzata.

È la stagione dei matrimoni e noi, lo showroom più conosciuto di tutto il boardwalk di Atlantic City, abbiamo tre matrimoni di fila da organizzare ma nessun pasticcere.

Come se non bastasse, il più importante dei tre matrimoni accadrà tra poche settimane.

A peggiorare tutto ciò, c'è il lavoro del futuro sposo, il quale ha appena firmato un contratto con la squadra di baseball della città.

Quindi quello che era diventato un comune matrimonio tra due persone conosciute, ora è diventato il matrimonio dell'anno di Atlantic City. E noi non abbiamo una torta da servire agli invitati, né altri dolci.

Trovare un pasticcere in grado di creare una torta per 489 invitati è impossibile.

Tra l'altro, non ci possiamo mica rivolgere a Piquette, la pasticceria sotto casa mia, dove un muffin costa un dollaro ma non sai esattamente quali ingredienti ci abbiano messo dentro.

No, non si può fare questa cosa con un matrimonio del genere.

Per questa ragione, molto probabilmente, io opterò per il suicidio.

Però, in caso dovrò ammazzarmi, lo voglio fare con indosso un bel paio di scarpe.

«Signora Reid… la sua carta, grazie per essere tornata da noi» mi saluta una delle commesse.

Di sicuro, questo sarà l'ultimo paio di scarpe che potrò permettermi da qui alla mia morte, se non riuscirò a risolvere questa storia del pasticciere.

Perché io lo so, subito dopo che falliremo nella realizzazione del matrimonio dell'anno, non avremo più clienti.

Quindi addio all'ampliamento del negozio, ai nuovi abiti da sposa firmati e soprattutto alle mie scarpe costose.

Dio mio, non ce la posso fare!

«Miss Reid, si sente bene?» mi domanda la commessa, avvicinandosi.

«Non è che per caso sa dove posso trovare una farmacia nelle vicinanze?»

L'idea dell'ansiolitico non mi sembra più così brutta.

***

Dopo aver comprato quattro ansiolitici diversi, mi avvio verso il nostro showroom e poco prima di entrare, lo vedo.

James Grant mi sta guardando con uno strano sorriso compiaciuto sulle labbra.

Deve aver saputo del licenziamento di Jean Gabin.

Maledetto.

James ha indosso una T-shirt nera molto attillata, così tanto da riuscire a delineare i muscoli del suo addome e a nascondere a malapena i tatuaggi presenti sui suoi avambracci.

Ecco, ci siamo… è arrivata la mia ora.

Sto vedendo James Grant come un oggetto sessuale.

È ovvio che io abbia bisogno di un medico, che questo sia un neurologo o uno psicanalista non importa.

Ormai ho perso del tutto la ragione.

Devo affrontare di petto questa situazione incresciosa.

Ho solo due opzioni: fare otto passi sulla mia destra e strozzare il mio vicino oppure entrare nel mio showroom e scegliere tra l'ansiolitico o una corda per impiccarmi.

«Vera, datti una mossa. C'è un problema con un abito da sposa» mi informa Alyson, afferrando la mia mano per tirarmi dentro il negozio.

Osservo James un'ultima volta e sento uno strano calore nelle mie parti intime.

Niente… la mia vita è finita.

Il mio cervello è andato.

Non ho altra scelta che la morte.

Dovevo fermare quel fottuto pasticciere francese prima del suo licenziamento!

.

CAPITOLO IV

James

Osservo i tubi posti sotto al lavello della cucina e scuoto la testa, li abbiamo sostituiti un mese fa ma ora sono già lesionati.

Il pavimento è bagnato e due dei miei assistenti stanno cercando di asciugarlo in fretta e furia prima di pranzo, la nostra ora di punta.

So già che questo ulteriore problema mi costerà almeno duemila dollari.

Merda.

Devo trovare un modo per siglare qualche altro contratto per un party o un servizio di catering, il prima possibile.

Se dovesse continuare in questo modo, con un problema al giorno, non so che cosa ne sarà da qui a pochi mesi del *Delicious Sin.*

Forse, ho fatto il passo più lungo della gamba.

Prima di correre un rischio come quello di aprire un locale così grande in una zona tanto trafficata, avrei dovuto imparare a camminare a carponi e con meno costi, sia per la ristrutturazione che per il locale.

Ma come potevo farmi scappare un'occasione del genere?

Cavolo, devo trovare una soluzione o sono fottuto!

Tuttavia, in questo momento, mi rende stranamente felice sapere di non essere l'unico a navigare in cattive acque.

A quanto pare, le simpatiche streghe del negozio vicino hanno perduto il loro pasticciere di fiducia.

Almeno, questo è quello che viene detto dai negozianti della zona.

Forse, in questo modo, eviteranno di maledirmi ogni volta che mi incontrano, perché troppo impegnate con i loro problemi.

«Capo, c'è bisogno di qualcuno al bancone» mi avverte Alfredo, entrando in cucina.

«Arrivo subito» rispondo.

«Quanto siamo nella merda?» domanda Alfredo.

«Almeno duemila dollari di danni. L'assicurazione non li coprirà mai, né la banca. È la terza volta che abbiamo un guasto all'impianto idraulico, penseranno che siamo noi a provocare il danno» rispondo, sbuffando.

«Merda, torno al bancone» mi informa Alfredo, portando con sé nella sala principale una delle tante teglie di dolci.

«Bisogna chiamare di nuovo l'idraulico, prima che la situazione peggiori» mi informa uno dei miei assistenti.

Annuisco e mi dirigo verso il bancone, facendo segno ad Alfredo di chiamare la ditta per sistemare la perdita. Una telefonata che mi costerà migliaia di dollari che non ho.

«Buongiorno, come posso aiutarla?» domando a una giovane biondina, la quale è impegnata a osservare i dolci esposti.

«Non so davvero che cosa scegliere, sembrano tutti così buoni!» risponde eccitata.

«Faccia con comodo. Se vuole, posso farle gustare alcune delle delizie appena preparate…» le propongo, scrutandola dalla testa ai piedi.

La ragazza è messa molto bene. Ha una gonna che le stritola le curve e una scollatura parecchio generosa. Lei mi fissa in viso e poi, sorride con aria sognante.

«Posso assaggiare qualsiasi cosa?»

«Tutto ciò che vuole.»

Sembra quasi un raggio di sole in una giornata buia, non sarebbe poi tanto male portarla nel retro del negozio per *divertirci* un po'.

«Allora vorrei assaggiare quella torta alla panna e uno dei suoi cannoli…» mi informa, inumidendosi le labbra con la lingua.

«La servo subito» replico, flirtando.

La osservo saziarsi con ciò che ho preparato e ogni tanto, le faccio un sorriso a distanza, poiché impegnato dietro al bancone.

Lei accavalla le gambe e lascia molto poco spazio alla mia immaginazione. Credo che sotto quella gonna così stretta non ci sia alcuna biancheria intima.

«Ci vediamo presto» mi saluta ammiccando, prima di andare via.

Forse la prossima volta che la vedrò, le farò assaggiare qualche altra cosa... mentre sarà distesa sul mio letto, senza vestiti indosso.

Mi avvicino all'entrata e controllo fuori, la biondina è venuta qui al *Delicious Sin* a bordo di un'auto costosa con tanto di autista alla guida.

Scuoto la testa e cerco di calmare l'eccitazione che provo.

Rimango fermo a guardare fuori dal mio locale e pochi istanti dopo, mi accorgo che la ragazza bruna e alta del negozio di fianco, è appena arrivata a bordo della sua auto.

La osservo correre verso lo showroom con una certa fretta e per la prima volta, non mi degna di uno sguardo.

Mi sento stranamente irritato da questo suo comportamento, da questa sua decisione di non fare caso alla mia presenza.

Oggi appare molto diversa dal solito, ha indosso un jeans oversize e una camicia; in più, i suoi capelli sono spettinati.

Ho davanti la gemella umana e trascurata della donna che sono abituato a vedere ogni giorno.

Una persona sempre perfetta che va in giro con tacchi alti e scarpe costosissime, con indosso solo abiti che mostrano le sue curve.

Incuriosito da quello che sta accadendo, mi avvicino verso la vetrina di *Confetti* con la scusa di controllare qualcosa dall'altra parte della strada.

Butto un occhio verso l'interno dello showroom e mi rendo conto che sta accadendo qualcosa di drammatico. Lei... la bruna a capo del negozio, sta strillando.

Nel frattempo, un'altra ragazza ha tra le braccia un vestito da sposa, il quale sembra essere ridotto a brandelli.

Altre due ventenni si stanno lamentando e un uomo di circa settant'anni sta scuotendo la testa esasperato.

Chissà che diavolo è successo.

All'improvviso, vedo la manager spostare lo sguardo verso di me e fissarmi.

«Vera Reid, non distrarti e pensa a come dobbiamo risolvere la questione di questo vestito!» la richiama la ragazza con l'abito da sposa tra le braccia.

Il nome della strega dell'est del boardwalk di Atlantic city è... Vera Reid.

CAPITOLO V

Vera

Siamo ufficialmente fottute, non abbiamo altra scelta e ora, c'è soltanto una cosa da fare.

Mi tocca chiamare i futuri sposi.

A completare il dramma, l'abito di Donna Karan della sposa. Il vestito perfetto per il giorno delle sue nozze, per uno strano scherzo del destino, si è rovinato durante gli accorgimenti della sarta.

Ma se per ciò c'è modo di trovare una soluzione, ordinando un nuovo abito e assumendo qualcuno esterno per fare tutte le modifiche; per la torta di matrimonio e per tutta la pasticceria dell'intero rinfresco non c'è rimedio.

Sembra che in questi giorni tutti pasticceri famosi Atlantic City non abbiano un buco dove infilarci.

Comincio a pensare che questa sia una congiura cosmica, Dio sta testando la mia pazienza.

Stamattina sono uscita di casa come una povera disperata, non so neanch'io che cosa ho indosso e il secondo ansiolitico della giornata sembra che non stia facendo effetto.

Maledetti medicinali del nuovo millennio, sono così leggeri. Ho preso tre Xanax[3] di fila in dodici ore, eppure non riesco a calmarmi.

Ho bisogno di roba forte, non di queste cose per bambini!

Forse dovrei farmi ricoverare in ospedale per farmi dare qualcosa di molto più forte, prima del matrimonio dei Jefferson.

«Ho bisogno di un altro ansiolitico» avverto le mie sorelle.

«Per te ci vogliono i tranquillanti per elefanti» mi risponde Katie, divertita.

«Smettila di incitarla a prendere dei medicinali del genere!» sbraita Alyson, impegnata a sistemare un vestito con degli spilli.

---

[3]   Xanax: uno dei più potenti ansiolitici al mondo, un sedativo.

Si tratta di un abito da sposa modello principessa, pronto per uno dei matrimoni che organizzeremo dopo quello dei Jefferson.

Se mai troveremo un nuovo pasticciere.

Mio padre ci ha esortate ad affrontare una disgrazia alla volta ed è quello che stiamo facendo… circa.

«Dov'è la mia bottiglietta d'acqua?» domando.

Alyson mi lancia un'occhiataccia e io controllo nella tasca dei miei jeans.

Sì, non ho scordato di portare con me i miei rifornimenti personali. Ho due ansiolitici in tasca e non ho paura di usarli per calmare le mie paure.

Le mie sorelle non possono capire, non sono a capo di questo showroom, non si rendono conto che mandare avanti questa baracca in una situazione del genere è altamente stressante.

Carol mi porge il telefono e malvolentieri, rimando la somministrazione del mio ansiolitico.

Afferro il telefono e compongo il numero.

O la va o la spacca.

Nel peggiore dei casi, la sposina di Jefferson ci manderà a quel paese e assolderà un killer per farci fuori.

Nel migliore dei casi, la sposina dei Jefferson eviterà l'omicidio di massa ma proverà a strangolarmi con il velo da sposa.

«Buongiorno, Miss Cindy. Ho bisogno di parlarle di alcune faccende riguardanti le sue nozze» la informo, cercando di mantenere un atteggiamento distaccato e professionale.

Nel frattempo, le mie tre sorelle mi fissano preoccupate.

«C'è qualcosa che non va?» mi domanda la sposa dall'altro capo del telefono.

«Purtroppo, devo informarla di qualcosa poco piacevole. Vede, nelle ultime settimane abbiamo avuto alcuni problemi con il nostro pasticciere. Fino a poche settimane fa, faceva parte del nostro team il rinomato Jean Gabin. Tuttavia, a causa di alcuni problemi avvenuti durante l'ultima cerimonia, Mr. Jean Gabin ha deciso di non collaborare più con il nostro showroom. Per questo motivo, non sarà lui a fornire la torta della vostra cerimonia» le rivelo, poi rimango in silenzio per qualche istante e aspetto la sua reazione.

«Che cosa comporta tutto ciò? Mi scusi, ma non so molto di matrimoni, per questa ragione mi sono affidata a *Confetti*» risponde.

«Abbiamo alcuni problemi nel reperire un altro pasticciere in grado di fornire la sua torta di matrimonio...» accenno.

«Oh, cavolo! Mi scusi!» impreca ad alta voce. «Voi sareste disposte a collaborare con qualcuno da me suggerito?» domanda, sorprendendomi.

«Sì, certamente. Questa è la stagione dei matrimoni ed è molto difficile riuscire a trovare un pasticciere in grado di fornire una torta di una certa grandezza e anche altre leccornie» dichiaro subito. «Per noi, non è un problema!»

«Ottimo! Le invierò un messaggio nelle prossime ore, vedrò di fare qualche telefonata per risolvere questo problema così increscioso. Mi dispiace molto per il comportamento poco professionale del vostro ex pasticciere. A dopo» mi saluta, tranquillizzandomi.

Dio sia lodato!!!

Per una volta, abbiamo trovato una sposina non isterica e disposta a darci una mano.

Saluto Cindy e poi, mi metto in ginocchio.

Questo è un miracolo!

Dopo aver spiegato alle mie sorelle il motivo della mia reazione un tantino plateale ed essermi giustificata con i clienti presenti all'interno di

Confetti, sconvolti di vedere la proprietaria in ginocchio, impegnata a pregare tra gli abiti da sposa; mi ritrovo in attesa del messaggio della sposina dei Jefferson.

Cindy non lo sa, ma si è appena guadagnata uno sconto del 20% sul suo abito da sposa.

Da oggi in poi, lei farà parte di tutte le mie preghiere, anche se non sono religiosa e prego due volte l'anno. A Pasqua e a Natale.

Quando ore dopo il messaggio giunge finalmente al mio cellulare, lo leggo almeno dodici volte prima di biascicare qualche parola.

«Ho trovato un pasticciere! Si tratta del famoso James Grant, il suo negozio è proprio accanto al vostro. Si è offerto di realizzare la torta per il nostro matrimonio. Le ho fissato un appuntamento per domani pomeriggio. Buona serata e buon lavoro!»

Ok, io non ho letto questo messaggio e non mi è mai arrivato.

Gli ansiolitici mi hanno fottuto il cervello, non c'è altra spiegazione.

«Alyson, chiama il 911. Devono portarmi all'ospedale. Sto avendo le allucinazioni!» informo mia sorella, porgendole il mio telefono per farle leggere il messaggio.

James Grant vuole lavorare con noi?

No, non sta accadendo per davvero!

Questa è pura follia!!!

CAPITOLO VI

James

Mi sento uno schifo, non posso credere di aver appena accettato di preparare una torta di matrimonio.

È come se avessi appena preso a coltellate il mio fegato e distrutto ciò che ho costruito fino a oggi, per una manciata di dollari.

Ok, forse non sono proprio una manciata, ma diverse migliaia.

Ho appena dato via un pezzo di me, della mia anima, per soldi. Quasi non mi riconosco più, tutta colpa di questo maledetto negozio che mi sta costando un occhio della testa!

Ci metto la mano sul fuoco, questa sfiga è solo colpa delle quattro streghe che lavorano qui accanto.

Chissà quale rito voodoo hanno fatto contro di me per farmi arrivare a questo punto!

Non ho potuto fare altro che accettare la proposta della sposa.

La biondina venuta qui in negozio pochi giorni fa, in verità è la fidanzata di Matthew Jefferson. Un famoso giocatore di baseball, il quale potrebbe comprarsi tutto l'isolato e forse l'intero quartiere, visto il contratto che ha firmato di recente con la squadra della città.

«Capo, non fare così. Molto probabilmente nessuno scoprirà il nome del pasticciere durante il matrimonio dei Jefferson» cerca di rassicurarmi Alfredo, dandomi una pacca sulla spalla.

Sono seduto a uno dei nostri tavoli, in attesa della wedding planner degli sposi.

Merda, mi sento un gigolò.

Maledetta banca e maledetta assicurazione!

«Buongiorno!» mi saluta una voce familiare e poi, osservo allibito colei che si sta accomodando al mio stesso tavolo.

Vera Reid è qui… davanti a me.

Proprio oggi doveva venire in negozio?

«Non ho tempo di discutere con te, non è la giornata giusta!» la informo, incrociando le braccia.

«Sicuro? La futura sposa Jefferson non ti ha informato del nostro appuntamento?» mi domanda.

Per qualche secondo, il mio cervello si rifiuta di elaborare ciò che mi ha appena detto ma quando accade, per poco non ho un aneurisma cerebrale.

«Il tuo showroom si occuperà del matrimonio dei Jefferson?»

«Già, Cindy non te l'ha fatto presente?» risponde, fissandomi.

«No!» sbraito, non posso credere a quello che sta accadendo in questo momento!

Tra tutte le wedding planner della città doveva capitarmi proprio lei?

Scruto con attenzione la donna che ho davanti e mi rendo conto di un po' di cose.

Oggi sembra stranamente essersi ripresa rispetto all'ultima volta che l'ho vista. Non ha più i capelli spettinati ed è vestita in maniera decente. Inoltre, neanche lei sembra essere molto entusiasta di questa collaborazione.

«Per favore, possiamo concentrarci sul business, evitando di interagire tra di noi?» mi chiede.

Per una volta, ci troviamo d'accordo.

«Ho già discusso con la cliente. Sono disposto a realizzare la mia prima e ultima torta di matrimonio, ma soltanto a un patto: voglio le mani libere. Sono disposto a trattare soltanto su quali creme utilizzare nella farcitura. Per il resto, le decorazioni e tutti gli altri dolci saranno a mia discrezione. Se devo fare questa cosa, non voglio imposizioni.»

«La sposa è d'accordo su questo?»

«Se vuoi, puoi chiederglielo. Ne abbiamo parlato poche ore fa. Sembra molto felice che abbia deciso di realizzare la sua torta di matrimonio» informo Vera, sebbene lei mi stia continuando a osservare con un certo scetticismo.

«In questa situazione tanto incresciosa, preferisco non oppormi. Pertanto, se la sposa è felice, lo sono anch'io. Non aggiungo altro» dice, poi mi osserva incuriosita.

«Che cosa c'è?»

«Perché lo stai facendo?»

«Pensi di essere l'unica a doversi sacrificare per il bene della sua attività?» la fisso e lei mi scruta per qualche istante.

«Un uomo come te non scende a compromessi, non sembri il tipo» risponde.

«Anche tu lavori in questo stabile e ne conosci i costi di manutenzione. Mi sono reso conto di aver speso più del dovuto per realizzare il mio sogno» confesso, malvolentieri.

Mi aspetto un suo commento acido, da strega.

Passano diversi secondi, eppure lei non dice una parola e continua a rimanere impassibile e curiosa.

«Secondo me, dovresti vedere il rovescio della medaglia. Forse non te ne rendi conto ma sei molto fortunato, sei riuscito ad aprire un'attività in proprio. In tanti ci provano e falliscono, anche se lavorano duramente per tutta la loro vita» replica, sorprendendomi. «Penso che per oggi sia tutto. In caso di problemi, passa allo showroom.»

All'istante, la vedo alzarsi dalla sedia e continuare a fissarmi.

«Ora devo tornare in negozio, anche se non sono sicura che tutto ciò stia accadendo per davvero. Forse sto avendo soltanto una delle mie allucinazioni» mi saluta così, con una frase senza senso e poi, va via.

***

Due giorni dopo, mi rendo conto di aver fatto una cazzata, non per il grande lavoro che mi toccherà fare ma per colpa della sposina.

Il telefono non fa altro che squillare da sette ore consecutive, fuori dal nostro negozio ci sono otto giornalisti muniti di telecamere, pronti a intervistarci.

A quanto pare, ieri sera, Miss Cindy ha ben pensato di dichiarare alla stampa che la mia pasticceria e lo showroom *Confetti* si occuperanno del matrimonio dell'anno di Atlantic City, il loro.

Adesso non solo devo pensare a realizzare una torta per quasi cinquecento invitati, ma devo pure impazzire per colpa della stampa.

In passato, ho fatto decine di interviste nelle quali ho affermato che mai mi sarei abbassato a realizzare una torta del genere.

E ora, il mondo è a conoscenza che mi sono calato le braghe e ho deciso di compiere l'impossibile solo per soldi.

Non avrei mai dovuto accettare! Sono ore che mi sento stressato, con l'ansia alle stelle.

Mi allontano dal bancone e faccio due passi nel giardino sul retro, imprecando.

«Merda» mi lamento tra me, alzando la testa.

Osservo il cielo azzurro per qualche istante ma poi, vengo interrotto bruscamente dal rumore di una porta sbattuta con forza.

Tale gesto, mi fa controllare automaticamente dall'altra parte della staccionata e dopo pochi secondi, non sono più solo.

Come me, anche Vera si trova nel retro del suo showroom e sta sbraitando.

Non deve essere una situazione facile neanche per lei.

Avere così tanti giornalisti fuori dal proprio negozio è poco piacevole, anche perché una cosa del genere allontana i clienti.

«Stai bene?» le domando, vedendola in difficoltà quanto me.

«No, è da stamattina che sto impazzendo tra giornalisti e futuri matrimoni, dopo quello dei Jefferson. Non so più dove sbattere la testa» sbuffa.

Sembriamo due poveri disperati sull'orlo di una crisi di nervi. La compatisco.

«Dopo l'orario di chiusura, penso di realizzare alcuni dolci per il matrimonio dei Jefferson. Ti andrebbe di venire ad assaggiarli per darmi una tua opinione?» le domando, anche se diffidente.

Lei mi osserva sconvolta, poi scuote la testa e sussurra qualcosa.

«Che cosa hai detto? Non ti ho sentito…»

«Va bene, posso passare per qualche minuto. A stasera» mi saluta e poi, corre dentro. Diventando improvvisamente timida e frettolosa.

Forse, non si aspettava un invito del genere.

Bene, ho appena sorpreso sia me stesso che lei.

CAPITOLO VII

Vera

Sono l'ultima ad andare via dal nostro showroom e l'unica a recarmi al *Delicious Sin*.

Dopo che la notizia del matrimonio dei Jefferson è trapelata, grazie a un'intervista di Cindy, la mia giornata si è tramutata in un inferno.

Da una parte mi sento sfinita, dall'altra penso di dover ringraziare di nuovo la sposina, perché la tanta pubblicità ci porterà molti più clienti.

Però, ancora non abbiamo un pasticciere fisso e la cosa mi preoccupa un po'.

Anche se per questa volta siamo riusciti a trovare qualcuno per realizzare la torta del matrimonio, non vuol dire che tra qualche settimana non saremo di nuovo senza pasticciere.

Cammino verso il *Delicious Sin* e prima di entrare, osservo la targhetta sulla porta con scritto *Chiuso*.

L'orario di apertura ai clienti è quasi identico al nostro, visto che spesso ci tocca aprire il negozio all'alba, così da venire incontro alle spose che passano da noi prima di andare al lavoro.

Entro cercando di non far rumore e mi avvio verso il bancone.

Il locale è deserto, non c'è un'anima viva.

Sono un po' sorpresa per questo invito.

Forse avere tanti occhi puntati addosso ha fatto preoccupare Mr. Cinismo, il quale non ha mai lavorato nel mio settore.

«James...» dico ad alta voce, nella speranza che qualcuno mi stia ascoltando.

«Sono qui, vieni!» strilla da qualche parte nel locale.

«*Vieni*, dove?»

«In cucina. Supera il bancone, c'è un'entrata laterale» mi ordina.

Mi avvicino con diffidenza alla porta che divide la sala principale dal retro del locale e poi, sbircio.

A quanto pare, non mi stava prendendo in giro quando mi ha invitata.

Sul tavolo al centro della stanza ci sono posti almeno venti piattini con diversi assaggi.

Con lentezza, mi avvio verso questa splendida visione e osservo James, il quale è impegnato a decorare un cupcake.

Ha indosso un grembiule scuro e come sempre, la sua t-shirt è tanto attillata da mostrare tutti i suoi muscoli.

Fino a oggi, non avevo mai notato il suo fondoschiena… sembra messo bene, è rotondo e sodo.

«Deve essere una vista molto piacevole…» dice, beccandomi mentre lo esamino.

«Sì, i dolci sembrano molto buoni…» invento sul momento, avvicinandomi al tavolo.

«Non stavo mica parlando di quelli» aggiunge, compiaciuto dal mio gesto.

Ecco che appare di nuovo il maschio alfa e io che credevo che per una volta avesse compiuto un gesto gentile, dopo avermi soffiato l'intero locale!

Che stupida!

«Possiamo iniziare, per favore?»

«Perché? Devi andare da qualche parte?» domanda, con un pizzico di acidità.

Non vorrei sbagliarmi, ma sembra che sia un tantino geloso.

«Anche se fosse, non sarebbero affari tuoi» lo informo.

«Già. Accomodati pure.»

Faccio come mi dice e in seguito, lo guardo raggiungermi e sedersi accanto a me, davanti a una distesa di dolci.

«Quale devo assaggiare per primo?» gli chiedo.

«Meglio iniziare con le creme più delicate: panna, ricotta, eccetera. Poi passeremo al cioccolato, così da non coprirne il gusto.»

Fisso i dolci dinanzi a me e poi, avvicino un cupcake con dei petali di rose.

«Ottima scelta, assaggia e dimmi che cosa ne pensi» dice James, fissandomi.

I suoi occhi, sono di un blu acceso e molto brillanti. Di sicuro li usa come un'arma di seduzione con le tante donne che ho visto entrare e uscire dal suo negozio.

Per curiosità, senza farmi beccare, sposto lo sguardo sulla sua mano sinistra e controllo se James sia sposato.

Ecco, come sospettavo, non indossa alcun anello.

Affondo la forchetta nella crema al burro del cupcake e assaggio.

Appena il dolce giunge nella mia bocca, mi rendo subito conto di come mai James Grant venga considerato uno dei pasticceri più bravi della città.

La crema al burro sopra questo cupcake è divina e il muffin di base è talmente morbido e leggero da sembrare una nuvola.

Inizio a gustare diversi dolci, intanto che James non dice una parola ma continua a fissarmi.

«Posso avere un bicchiere d'acqua?» domando, dopo aver assaggiato circa otto leccornie.

Lui annuisce e si alza dal suo sgabello.

Bevo con piacere ma James non smette di fissarmi e la cosa inizia a darmi fastidio.

«Perché mi sta guardando in quel modo?»

«Lo sai che quando assaggi qualcosa che ti piace, chiudi gli occhi?»

«Davvero? Non me ne sono mai accorta» rispondo.

«Sì. Quando invece qualcosa non ti piace, fai uno strano gesto con il naso, lo sposti leggermente a sinistra» aggiunge.

Oddio.

«Meglio andare avanti» lo liquido e passo velocemente al resto dei dolci.

Mi sento un po' intimidita dal suo sguardo, questa cosa non mi piace affatto.

«Sai, non credevo che stasera venissi qui ad assaggiare i miei dolci. Mi ha sorpreso che tu abbia deciso di lavorare con uno come me, o meglio, proprio con me!» dice e non posso fare a meno di osservarlo incuriosita. Se solo sapesse quanto abbia sorpreso anche me.

«Momenti del genere richiedono dei compromessi. Ho cercato un pasticciere decente in tutta la città, ma nessuno ha voluto accettare un incarico così pesante, perché già occupato a realizzare dolci per altri matrimoni. Siamo in alta stagione…» spiego. «Certo, tu questo non lo puoi capire, perché non hai mai lavorato nel mio settore. Realizzare un evento del genere è più complicato rispetto a feste e compleanni.»

«No, non l'ho mai fatto e non penso che lo rifarò una seconda volta. Nessun'offesa, ma il giorno del matrimonio e tutte le sciocchezze che comporta, tipo: abiti da sposa, bambini e viaggi di nozze… be', certe cose non mi hanno mai interessato» dice, fissando i dolci davanti a sé.

«E che cosa ti piace fare, esattamente? Da quel che so, realizzare delle torte di matrimonio così grandi e incredibili rende molti pasticceri orgogliosi del loro lavoro.»

Anziché rispondermi subito, James non distoglie lo sguardo da ciò che ha preparato questa sera.

«Non sopporto il fatto che la vita si debba limitare a un'unica grande festa, come realizzazione principale di un'intera esistenza. Il matrimonio sembra una sorta di ultima cena prima di andare al patibolo o essere rinchiusi in una prigione per decenni» confessa, pensieroso.

«Lo posso capire» replico e all'istante, ho di nuovo la sua attenzione.

«Proprio tu che per lavoro organizzi matrimoni, puoi capire il mio odio per tutto ciò? Per i legami e per certi convenevoli?»

«Certo che posso capirlo, io *organizzo* matrimoni… ma non vuol dire che sia sposata o che fin da bambina, abbia programmato il mio matrimonio ideale» lo informo, sconvolgendolo.

«Non ci crederò mai! Proprio tu?»

«Già, proprio io!» dico, avvicinando una nuova fetta di torta davanti a me.

In modo del tutto inaspettato, iniziamo a parlare del più e del meno, e sorprendentemente ci rendiamo conto di avere più punti in comune di quanti potessimo mai immaginare.

A entrambi piacciono le stesse cose e questo mi preoccupa.

Ora mi è tutto più chiaro.

James Grant è un seduttore nato, sa cosa dire e come dirlo. È quasi impossibile non rimanerne affascinati. In più, seduce sia la mente che lo stomaco.

Per essere un uomo, James non rappresenta soltanto un individuo molto attraente, bensì un trentenne con una cultura molto vasta e un senso dell'umorismo impeccabile.

Due ore dopo, siamo ancora seduti al tavolo in preda alle risate e mi sento un po' triste, perché tra poco dovrò andarmene.

«Questa è l'ultima fetta, che ore si sono fatte?» domando.

«Sono quasi le 11:30, mi dispiace ma purtroppo il tuo appuntamento è fallito» afferma James, compiaciuto.

«Be', no. Non avevo alcun appuntamento, per ora non esco con nessuno» lo informo, affondando la forchetta nell'ultima fetta di torta.

«Molto interessante» sussurra, osservandomi.

«Nessuna di noi quattro sorelle Reid si vede con qualcuno, al momento. Il lavoro ci tiene occupate tutta la giornata, penso che tu possa capirlo» dichiaro, assaggiando l'ultima delizia preparata da James.

Senza accorgermene, avverto un fazzoletto accarezzarmi il volto. Un tocco delicato e lento che mi fa subito trasalire.

«Ti accompagno fuori» dichiara James all'improvviso e dopo aver rimosso una goccia di cioccolato vicino alle mie labbra, si alza dal suo sgabello.

Mi sta buttando fuori dal suo locale?

Così, senza neanche darmi il tempo di fargli sapere se l'ultima torta mi sia piaciuta o meno?

Afferro velocemente la mia borsa e lo seguo, rimanendo in silenzio.

Questo suo cambio di umore repentino mi sta suscitando un po' di nervosissimo.

James mi accompagna fino alla mia auto ma pochi istanti prima di accomodarmi, afferra la mia mano e poi, mi tira verso di sé.

In ben che non si dica, sento le sue calde labbra sulle mie e mi lascio andare in un bacio lungo, eccitante e al sapore di cioccolato.

Ciononostante, poco prima di sentire la passione giungere a un punto di non ritorno, lui si allontana e va via da me, senza voltarsi indietro.

Ho le chiavi della mia auto ancora in mano, non riesco a fare un passo.

Da lontano, lo guardo entrare nel suo locale e sento sbattere la porta della cucina.

Dannazione, che diavolo è appena successo?

***

Dopo una notte insonne, il giorno dopo arriviamo ai nostri rispettivi negozi a distanza di una manciata di secondi e prima di accedervi, i nostri sguardi si incrociano.

Mi sento nervosa e credo che anche lui stia provando la stessa sensazione.

James appare come qualcuno che vuole scappare su un altro pianeta, anziché affrontare la situazione.

Be', non è il solo.

Imbarazzata, accelero il passo ed entro nel mio showroom.

La consapevolezza di quello che è accaduto ieri sera inizia a farsi spazio nella mia mente.

Ci siamo baciati.

Ho avuto uno scambio di effusioni con il nemico.

L'uomo alfa con il coupé per single.

Dio mio, che cosa ho fatto?

Mi sono fatta sedurre da James Grant… il male!

CAPITOLO VIII

James

Non posso credere a quello che ho fatto.

Anzi, sì, ci posso credere eccome.

Anche perché mi è piaciuto e parecchio!

Merda, in che guaio mi sono cacciato?

Dopo una serata passata a fissarla impegnata a gustare i dolci preparati per i Jefferson, non sono più riuscito a trattenermi e l'ho dovuta baciare.

Ho osservato le sue labbra per troppe ore consecutive.

I miei istinti hanno preso il sopravvento. Sono pur sempre un uomo, santo cielo!

Come si fa a non voler baciare una donna che quando assaggia un dolce che hai preparato, inizia a fare uno strano mugolio di eccitazione e piacere, ogni volta che qualcosa sfiora le sue labbra?

Non si può!

È come aver fatto sesso attraverso i miei dolci e in tanti anni di carriera e donne, questa cosa non mi era mai capitata!

Neanche con le donne che in passato hanno apprezzato le mie doti da pasticciere.

Vera fa sesso con il cibo… senza neanche accorgersene.

Merda, pensarci me lo sta facendo venire duro.

Come se non bastasse, mi sono pure divertito a passare del tempo con lei.

Vera Reid è una torta "Sette veli", ogni strato racconta una storia e più vai in fondo, più provi piacere nel degustarla.

Maledizione, non dovrei pensare certe cose di quella strega, mi ha maledetto fino a pochi giorni fa!

Non so come comportarmi.

Dall'altra parte, però, non voglio sembrare poco professionale con i futuri sposi Jefferson.

Anche perché senza di loro non riuscirei mai a pagare i danni idraulici del negozio, i quali sono stati momentaneamente sistemati con dei piccoli accorgimenti, fin quando non potrò far avviare i lavori ufficiali.

Devo pensarci con molta calma e giudizio, anche perché a giorni i Jefferson verranno qui a decidere quale farcitura scegliere per loro torta di nozze.

Un'entrata sicura… grazie al cielo.

Con Vera, posso anche andarci piano e fare le cose con calma. In fondo, il suo negozio non è sull'orlo del fallimento, dopo poco tempo dall'apertura per colpa di danni assurdi.

Lei può stare tranquilla… e degustare tutto quello che vuole.

Più ci penso, più sento il mio sesso indurirsi.

Quel bacio… Dio mio!

«Capo, stamattina ti vedo più rilassato!» dice uno dei miei assistenti.

«Non hai idea di quanto io sia felice. La ruota ha iniziato di nuovo a girare in nostro favore» lo informo.

Prendo la sac à poche e inizio a preparare i cornetti per la colazione di oggi e per la "congrega" dello showroom.

Devo riuscire a tenere Vera in caldo, fin quando i Jefferson non pagheranno.

Sono pronto a tutto pur di baciare nuovamente le sue labbra.

***

Sono giorni che ogni mattina per colazione faccio recapitare allo showroom una scatola piena di ciambelle e croissants.

So che Vera si reca ogni mattina a lavoro, ho sentito anche le sue urla qualche volta attraverso i muri che ci separano, però non l'ho più incontrata.

In questi giorni, sembra particolarmente isterica. Infatti, mi domando se ciò sia dovuto al matrimonio oppure a quello che è successo tra di noi.

Pochi istanti dopo aver compiuto questo pensiero, i futuri sposi Jefferson varcano la soglia del mio negozio, seguiti da qualcuno dietro di loro.

Appena mi accorgo che la donna insieme a loro è Vera, resto dietro il bancone a controllarla da lontano.

La giovane coppia è qui per la degustazione. Vera mi osserva nervosa.

Sì, sta cercando di evitarmi di proposito. Ciò mi affascina e mi crea un certo fastidio, allo stesso tempo.

Non le è piaciuto il bacio che ci siamo dati? Perché si sta comportando in questo modo?

Mi avvicino al tavolo e saluto i due sposini. Poi fisso Vera in silenzio, in attesa di una sua reazione.

«Mi hanno chiesto di unirmi a loro, spero che non sia un problema» sussurra, osservando la mia spalla e non miei occhi. Sta arrossendo.

Okay, cambio di rotta.

Penso proprio che il bacio che ci siamo dati le sia piaciuto quasi quanto a me.

«Va benissimo, farò portare un altro piatto» le dico, avviandomi verso il bancone e poi in cucina, per iniziare la degustazione.

Essendoci altri clienti all'interno del locale, devo pensare a servirli ma ciò non mi ferma dal controllare il tavolo dove quei tre si trovano seduti.

Non riesco a fare a meno di scrutare Vera. Come giorni fa, anche oggi sta compiendo gli stessi esatti gesti dell'altra volta, lo stesso mugolio, e subito sento una forte eccitazione.

Questa donna mi fa un effetto assurdo!

Da una parte mi fa pensare che sia una strega, dall'altra mi fa venire voglia di buttare fuori da questo posto tutti i nostri clienti, per poi strapparle i vestiti di dosso e fare sesso selvaggio su uno dei tavoli qui in sala.

Le si accorge che la sto fissando e all'istante, la sua espressione cambia.

È imbarazzata.

Cara Vera, non ha idea di quanto mi piacerebbe distruggere la tua timidezza in questo istante... penso, distraendomi dal vassoio che sto preparando per un cliente, così tanto da far quasi cadere a terra una delle paste che ho in mano.

Scuoto la testa e cerco di concentrarmi.

I Jefferson degustano le creme davanti ai miei occhi per quasi un'ora e concludono poco prima dell'orario di chiusura del *Delicious Sin*.

Quando i tre si alzano e si avviano per andare via, decido di avvicinarmi per salutarli. Ciò nondimeno, appena vedo Vera compiere qualche passo verso l'uscita, la afferro per una mano e le faccio fare un passo indietro, trattenendola con me.

Lei mi fissa spaventata e nel frattempo, i due sposini vanno via insieme ai miei impiegati.

Ha smesso di sfuggirmi.

Appena rimaniamo soli all'interno del negozio, cambio il cartello per indicare la chiusura del locale e poi, spengo le luci poco distanti con la mano.

«Non posso trattenermi questa sera, ho da fare…» mi avverte, mettendosi sulle difensive.

«Come l'altro giorno? Devi uscire con qualcuno?» le domando, avvicinandomi.

«Sì, stasera devo uscire con una persona…» risponde.

«Un altro amico immaginario, suppongo.»

«Un amico vero, ovviamente!» dice, ma la sua risposta non mi convince affatto.

Il suo nervosismo le fa compiere di nuovo qualche passo indietro… vuole allontanarsi da me.

Se lo può togliere dalla testa!

Le cingo i fianchi e la spingo verso di me.

I nostri volti sono a pochi millimetri di distanza.

«Non ci credo» le confesso, osservandole le labbra.

«James, ti prego… lasciami andare. Questo è molto poco professionale» sussurra, ma rimane immobile.

«Ti ho vista e ti ho sentita mentre assaggiavi ogni singolo dolce preparato da me, con quella tua bocca carnosa e il tuo fare eccitato e seducente. Non hai idea dell'effetto che riesce a farmi il tuo atteggiamento nei confronti della mia pasticceria» dico, stringendola ancora di più tra le mie braccia.

«Beh, sei un bravissimo pasticciere. Non dovresti esserne sorpreso» biascica.

«No, non sono sorpreso per la mia bravura, ma per la tua reazione. Potresti evitare di far finta che non sia accaduto nulla tra di noi, poche sere fa? Sappiamo entrambi quello che abbiamo sentito... sappiamo entrambi che va ripetuto» dichiaro e poi, la bacio un'altra volta.

Le sue labbra sono esattamente come le ricordavo, la sua bocca sa di caldo, morbido e dolce.

Dopo un attimo di esitazione, Vera si lascia andare alle nostre effusioni e senza darle la possibilità di ripensarci, la trascino nel mio ufficio... per tutta la notte.

CAPITOLO IX

Vera

Che ore sono?

Sto ancora sognando?

Il mio letto sembra stranamente più scomodo del solito e sento freddo.

Dopo qualche istante, comprendo la ragione di tale sensazione…

Sono nuda.

Del tutto.

Abbasso lo sguardo e mi rendo conto di dove mi trovo. La mia faccia è appoggiata sul petto di qualcuno. Un uomo.

Cercando di non far troppo casino e soprattutto, provando ad accettare la realtà, sposto lo sguardo verso l'alto.

Spero di stare sognando e che l'uomo in questione sotto di me, il quale mi sta fungendo da materasso, non sia proprio colui che sto immaginando in questo momento.

Lo stesso uomo che ho sognato di portarmi a letto ogni notte… da settimane.

Maledizione!

James è nudo e sta dormendo sotto di me. Sposto leggermente la mia gamba avvinghiata al suo corpo e mi rendo conto che il suo pene è eccitato, di nuovo.

All'istante, mi torna in mente la notte appena trascorsa.

Abbiamo fatto sesso sul divano letto del suo ufficio.

Quattro volte di seguito.

Abbiamo strillato, ansimato e goduto per ore.

«Oddio!» mi lascio scappare e velocemente, mi tappo la bocca con la mano.

No, no… non può essere accaduto proprio a me!

Sono andata a letto con qualcuno con cui lavoro!

Fino a ieri, non mi era mai capitato in vita mia!

I clienti fissati con la religione e la verginità finiranno per etichettare *Confetti* e il *Delicious Sin* come Sodoma e Gomorra.

Peccatori a destra, peccatori a sinistra.

Ovunque!

Dio mio, chiameranno un prete esorcista.

Non solo abbiamo fatto sesso fuori dal matrimonio ma anche tra collaboratori!

Devo essere impazzita! Deve essere un effetto collaterale degli ansiolitici!

Oddio!

Devo mantenere la calma, rimanere lucida e non pensare a cosa potrebbe accadere se la notizia trapelasse. Il prossimo matrimonio dopo i Jefferson è tra due mormoni!

Senza fare troppo casino, cerco di allontanarmi dal corpo di James, il quale mi trattiene tra le sue braccia.

Dopo diversi tentativi, riesco a liberarmi e a mettermi in piedi.

Ci sono vestiti sparsi ovunque, dopo la notte che abbiamo vissuto. Cerco i miei abiti e inizio a indossarli in fretta e furia.

Devo andare via da questo locale, prima che qualcuno si accorga di quello che abbiamo fatto!

Mi vesto velocemente e poi, cammino verso la porta del negozio.

«Pensi che sia normale sgattaiolare fuori dal mio locale in questo modo? Dopo quello che abbiamo fatto stanotte, nemmeno mi saluti?» chiede James, dietro le mie spalle.

All'istante, fermo i miei passi e mi volto verso di lui.

Ha indosso soltanto i suoi jeans, riesco a vedere il suo torace e i muscoli dei suoi addominali.

Quello che ho fatto con il suo corpo stanotte dovrebbe essere vietato ai minori di quarant'anni.

«Non volevo svegliarti» invento, cercando di trovare una scusa logica.

Lui mi guarda con sospetto e in seguito, scuote la testa.

«Se vuoi andare via, fallo. Io non ti tratterrò. Sali a bordo della tua scopa e scappa via!» afferma, con un pizzico di acidità.

«Quale sarebbe l'alternativa? Farmi beccare dai tuoi impiegati e dalle mie sorelle? Fra poco, arriveranno in entrambi i negozi e ci vedranno insieme. A quel punto, inizieranno una serie di pettegolezzi che molto probabilmente raggiungeranno i miei clienti e subito dopo, smetteranno in parte di rivolgersi al mio showroom!» mi lamento.

«Pensi sempre al lavoro! Sei una ragazza incredibile ma ti giuro, non sopporto questa tua fissazione! Il lavoro non è tutto nella vita!»

Ci vuole coraggio per affermare qualcosa del genere! Proprio lui, un uomo che ha fatto di tutto per aprire questo negozio!

«Neanche il sesso occasionale! Differentemente da te, io ci tengo a passare per una persona professionale che non va a letto con le persone con le quali lavora. Non esiste soltanto il divertimento in questa vita, James!» rispondo, seccata.

Lui mi fissa in silenzio per diversi secondi.

Appena mi rendo conto che vuole continuare la conversazione, per provare a convincermi a non sgattaiolare fuori dal suo locale, scappo via senza guardarmi indietro.

«Vera, torna qui!» James inizia a gridare ma faccio finta di non ascoltarlo.

Per fortuna, a quest'ora non c'è molta gente per le strade.

Però, posso immaginare lo spettacolo che stiamo dando ai pochi curiosi intorno a noi.

Un uomo che mezzo nudo esce dal suo negozio e una donna che scappa via verso quello di fianco con i capelli scombinati e la camicia a malapena abbottonata.

Dopo aver messo piede all'interno del nostro showroom, sento subito degli occhi indiscreti su di me.

Carol e Katie mi stanno fissando, sembrano sconvolte e stranamente, si trovano al nostro negozio prima dell'orario di apertura.

Fisso l'orologio sul muro dietro al bancone e mi rendo conto che non sono neanche le sette del mattino.

«Che cavolo ti è capitato?» mi chiede Carol, controllandomi da capo a piedi.

«Lascia stare. Ho avuto una nottataccia» le rispondo.

Provo ad avviarmi verso il mio ufficio e rimanere sola ma Katie mi interrompe.

«Sei vestita come ieri…» osserva. «I tuoi capelli sono parecchio spettinati.»

«Alle volte mi capita.»

«Bugiarda, con chi sei andata a letto? Confessa!» la voce di Katie è stridula ed eccitata.

«Oddio, io lo so…» Carol mi fissa sconvolta.

Dio, salvami tu. Lo hanno capito subito.

«Ieri sera sei andata da James con i clienti del prossimo matrimonio. Ti ho vista uscire con loro! Sei andata a letto con il pasticciere!» aggiunge Carol, puntando il dito verso di me.

«Non sono affari vostri!» sbraito, infuriata.

«No, ti sbagli. Sono affari nostri, eccome! Quell'uomo ci ha fottuto un intero locale e più di una volta, si è dimostrato insopportabile, fin quando non ha accettato di darci una mano con il matrimonio dei Jefferson! Sei impazzita?» Katie strilla.

Non voglio risponderle, anche perché mi sta facendo presente ciò che mi chiedo da giorni.

L'attrazione nei confronti di James mi ha fatta ammattire. Con i suoi baci, è peggio di un incantatore di serpenti.

Deve avermi fatto qualche voodoo o incantesimo, facendomi assaggiare tutti quei dolci per il matrimonio!

Non rispondo alle mie sorelle e abbottonandomi la camicia, vado a chiudermi nel mio ufficio.

Proprio io, una tra le wedding planner più professionali di tutte la città, ho ceduto al peccato.

Mi sono fatta tentare dal serpente attraverso le sue deliziose mele!

CAPITOLO X

James

Sono due settimane che non vedo Vera, ma soltanto la sua auto parcheggiata davanti allo showroom. È come se arrivasse al lavoro negli orari più inconsueti, solo per evitarmi.

Oggi, tuttavia, ci incontreremo.

Nell'ultimo periodo, ho avuto contatti unicamente con sua sorella Carol, la quale si occupa della gestione del servizio catering della loro attività.

Sono dieci giorni che lavoro senza sosta insieme ai miei assistenti per realizzare ogni singolo dolce per questo matrimonio con quasi cinquecento invitati e oggi, finalmente, è l'ultimo giorno.

Tra poche ore, la star del baseball Matthew Jefferson convolerà a nozze con la sua fidanzata e subito dopo, ci sarà il rinfresco.

Stasera, io e Vera ci troveremo sotto lo stesso tetto, in una villa con decine di acri di terra situata poco distante dal centro di Atlantic City.

«Capo, dobbiamo caricare sul furgone ancora poche teglie e poi, possiamo partire» mi informa Alfredo, il mio commis.

Non gli rispondo ma annuisco, sono troppo distratto in questo momento per pensare a certe cose.

Per tale ragione ho deciso di fidarmi del mio team e di passare a casa a cambiarmi, prima del matrimonio.

Quattro ore dopo, arrivo alla location scelta dagli sposi.

Siamo immersi nella natura e nel verde. Appena parcheggiata l'auto, mi rendo conto che i Jefferson non hanno badato a spese e che Vera è riuscita a organizzare ogni cosa nei minimi dettagli.

Ci sono addetti pronti ad accompagnare gli invitati nei vari punti della tenuta.

Da una parte, infatti, si celebrerà la cerimonia all'aperto e dall'altra, invece, avverrà la festa sotto un grandissimo tendone. Un gazebo esterno.

Devo raggiungere il mio team entro dieci minuti, i ragazzi sono già qui e stanno lavorando in cucina.

La prima sorella Reid che incontro è Carol, la quale con la sua cartelletta non fa altro che controllare che tutto il cibo per il rinfresco sia perfettamente in ordine.

La seconda sorella Reid che incrocio è Alyson. Sta correndo frenetica tra i corridoi per sistemare le ultime decorazioni insieme alla più piccola delle quattro, Katie.

Ci sono Reid ovunque tranne l'unica che mi interessa.

Sono indeciso se evitare lo sguardo di Vera. Oppure se rinchiuderla in una delle stanze di questa enorme villa e convincerla a mandare a quel paese la sua etica professionale per passare la notte con me.

***

La cerimonia è appena iniziata col botto.

Letteralmente.

Dalle cucine abbiamo appena sentito uno strano boato.

Per curiosità, decido di andare a sbirciare da una delle finestre.

A quanto pare la sposa è arrivata al matrimonio a bordo di un Hummer cabrio. Non ho mai visto dal vivo qualcosa del genere e io adoro le auto.

Gran bella entrata, i giornalisti presenti staranno già condividendo online foto e video. Vedo tanti smartphone puntati verso la sposa, anche da dove mi trovo.

«Oddio! Josè e Malcom... andate a controllare la situazione!» esclama sconvolta Carol, avvicinandosi.

All'istante tutti gli assistenti dello showroom corrono verso il luogo in questione, preoccupati che qualcosa possa andare storto.

Posso immaginare lo stato d'animo di Vera davanti a questo spettacolo inaspettato.

Okay, forse è meglio evitare... non posso distrarmi proprio adesso, poco prima di ricevere l'assegno degli sposi.

***

Sono passate poche ore dalla fine della cerimonia e gli sposi hanno deciso di sorprendere di nuovo i loro invitati e forse, anche Vera.

Nello spazioso giardino dove si trova il tendone, ha appena fatto irruzione un gigantesco pullman.

Senza dire nulla alle sorelle Reid, i Jefferson hanno deciso di regalare ai loro invitati un pullman-bar pieno di alcolici.

La serata promette bene. Mi domando chi penserà alla mia torta, quando può bersi un buon Mojito.

Appena pochi minuti dopo, la mia creazione viene portata davanti agli sposi, smetto di controllare dalla finestra della cucina e vado a osservare il taglio.

Si tratta di una torta di sette piani, bianca e con un motivo floreale identico a quello delle decorazioni presenti in tutta la villa. È riuscita bene, per essere la prima che realizzo.

Non ho mai creato qualcosa di così classico in vita mia, ma una parte di me ne va fiero, in fondo.

Dopo il taglio, lo sposo e la sposa si sporcano la faccia con le loro fette.

Sono entrambi visibilmente ubriachi e ancora non hanno dato il via a musica e pullman-bar. Posso soltanto immaginare che cosa accadrà stanotte.

Scuoto la testa e finalmente, la vedo.

Vera è ferma in un angolo, si trova dall'altra parte del grande gazebo.

In mano ha il suo tablet e sta trattenendo le lacrime.

Vorrei avvicinarmi a lei, chiederle perché sta piangendo. Però, dopo i discorsi che mi ha fatto, sta di sicuro provando certe emozioni perché il matrimonio è alla sua conclusione e lei è riuscita a farlo filare liscio, fino a questo momento.

Il lavoro è la sua priorità e me lo ha fatto capire chiaramente. Non le interessa nemmeno un'amicizia con i benefici.

Questo pensiero mi fa venire una strana fitta all'altezza del petto.

Infastidito da questa sensazione, mi avvicino al pullman pieno di alcolici e ordino il primo cocktail della serata.

Ormai il mio lavoro è finito, posso rilassarmi.

Verso il settimo drink, la mia vista si annebbia del tutto e non mi importa più di nulla. Così, inizio a camminare tra la folla e a ballare in pista insieme agli altri invitati.

Si fottano tutti! La banca, l'assicurazione e la fissazione di Vera per il lavoro!

Quando mi avvicino di nuovo al pullman per prendere l'ottavo drink, noto qualcuno di molto familiare.

«Me ne dia un altro, subito!» sbraita, poco distante da me.

Come me, anche Vera è ferma davanti al pullman degli alcolici e sta ordinando ai baristi di darle da bere.

Come me, anche lei è ubriaca e non le importa più di niente e di nessuno!

Mi avvicino a lei e la afferro da dietro per i fianchi.

Il barista la deve smettere di contraddirla!

«Dia alla mia ragazza tutto ciò che vuole» ordino.

Vera sposta lo sguardo sul mio volto.

«Ha sentito il mio uomo? Si sbrighi! Lui mi ama e gli vado bene pure da ubriaca!» dice Vera, dondolandosi.

«Stai bene?» le chiedo, singhiozzando.

Ha detto che la amo? Ho sentito bene oppure è l'alcol?

«Mi gira un tantino la testa» afferma, prima di svenire per pochi istanti tra le mie braccia.

La fermo appena in tempo dall'accasciarsi sull'erba.

«Voglio andare a letto!» sussurra appena si riprende, dimenandosi.

Chi sono io per contraddire una donna come lei?

Arrivare al primo piano è un'impresa. Tra lei con il giramento di testa e io con la vista offuscata, gli scalini sembrano edifici enormi.

Appena entrati nella prima camera da letto che troviamo, Vera mi osserva con strano sguardo parecchio seduttivo.

«Siamo davvero in una stanza da letto?» mi domanda e io confermo.

La luce è spenta, ma il luogo è illuminato dal bagliore della luna che proviene dalla finestra.

Mi avvicino a Vera per prendere la sua mano e accompagnarla a letto.

«Lo sai, anche se sei ubriaca fradicia… questa sera, sei davvero bella!» le confesso, avvicinandomi.

Intorno a lei sembra che ogni cosa sia offuscata.

Osservo le sue labbra e poi accade l'inevitabile: la bacio.

Dio mio, quanto mi sono mancate queste labbra!

Non riesco a smettere di baciarla, né ho intenzione di farlo.

In pochi attimi iniziamo a spogliarci, strappandoci i vestiti di dosso a vicenda.

In questa stanza c'è tutto quello di cui ho bisogno: un letto e Vera Reid.

CAPITOLO XI

Vera

Dio mio, ci sono ricascata.

Mi ero ripromessa di non farlo, di non andare mai più a letto con James Grant, tenendo a freno i sentimenti che provo per lui… eppure, il mio corpo mi ha tradita, di nuovo… e di nuovo.

Perché ho deciso di ubriacarmi, dopo che mi sono ritrovata con le lacrime agli occhi?

Dannazione!

Non era mai accaduto!

Nondimeno questa volta ho ceduto, senza indugio, sia durante il taglio della torta che nel corso della cerimonia.

Ho pianto perché ho fantasticato di trovarmi al posto della sposa e di convolare a nozze.

Ma la cosa peggiore è che ho immaginato di avere James come sposo.

Per questo motivo mi è venuto da piangere, perché so che lui non è tipo da lasciarsi andare a qualcosa di serio e io non sono il tipo che ama passare per sgualdrina, quando si tratta del mio lavoro.

Anche se insieme alle mie sorelle abbiamo ereditato l'attività di famiglia, questo non vuol dire che per raggiungere ciò, io non abbia dovuto studiare come una pazza fino all'università, prima di prendere in mano la situazione in quanto sorella maggiore delle quattro.

Senza contare, gli anni di gavetta fatti allo showroom appena compiuti sedici anni.

Ho sempre sognato di diventare una wedding planner, perché il business dei matrimoni mi è sempre piaciuto.

Sì, il business... o almeno è stato solo tale, fin quando James Grant non è entrato a far parte della mia vita.

Ogni notte, quando vado a dormire, mi immagino lui in attesa all'altare e io vestita con un abito bianco stile principessa che gli vado incontro.

Dove è finita la distaccata Vera Reid, lo squalo dei matrimoni?

Metto una mano sul mio petto e cerco di calmare le mie ansie.

Non riesco a smettere di pensare alla notte di follia che abbiamo passato insieme al matrimonio dei Jefferson.

Differentemente dall'ultima volta, dopo aver fatto sesso, sono riuscita a sgattaiolare via dalla stanza senza far rumore.

Faccio un respiro profondo e guardo fuori dalla finestra del mio ufficio.

«Vera! Presto, devi correre qui!» sbraita Alyson dal bancone all'entrata.

Mi alzo e vado verso di lei. Forse c'è qualche emergenza riguardo al prossimo matrimonio. Magari, c'è qualche problema con l'abito da sposa, in fondo siamo in orario di lavoro.

Tuttavia, appena mi trovo a pochi passi dal bancone, mi rendo conto che mia sorella appare sconvolta e mi sta fissando come se fossi un fantasma.

«Che cosa c'è?» le domando subito, l'espressione sul suo viso mi sta facendo aumentare l'ansia.

«Ti devo far vedere una cosa, ma sappi che non ti piacerà» dichiara, stringendo il suo portatile tra le mani.

Mia sorella fa roteare su se stesso il suo computer e mi mostra che cosa c'è sul suo schermo.

Appena mi rendo conto dell'immagine che sto guardando, sento una fortissima fitta al petto.

Ecco, ci siamo… mi è venuto un infarto.

La stanza inizia girare e poi, mi sento soffocare.

«Presto, Katie! Aiuto! Corri, Vera sta male!» urla Alyson.

Fisso immobile il teleschermo del portatile.

C'è una foto sul giornale di pettegolezzi più famoso della città.

Io e James Grant appariamo nudi nello stesso letto della villa, dove si è svolto il matrimonio dei Jefferson.

Ovviamente, la foto è censurata con due cerchietti rossi ma le nostre facce si vedono benissimo e sotto i nostri corpi nudi c'è riportata una simpatica dicitura: «Gli invitati più hot presenti al matrimonio dell'anno!»

Mi manca l'aria, sto andando in apnea.

Le mie sorelle accorrono in mio aiuto, mi circondano intanto che cerco di superare l'attacco di panico.

Tuttavia, appena penso di essermi ripresa, li vedo tornare. Fuori dal nostro negozio ci sono la bellezza di venti giornalisti.

Vogliono provare a entrare e a intervistarmi.

Siamo lo scoop del momento, io e James Grant siamo diventati il pettegolezzo più piccante di tutto il boardwalk di Atlantic City!

***

Sono quattro giorni che non vado al lavoro, mi sono nascosta a casa di mio padre.

Ciononostante, oggi pomeriggio devo tornare al nostro showroom per incontrare una coppia di sposi.

I giornalisti sono andati via, grazie al cielo.

Spero che presto ci sarà un nuovo pettegolezzo a incuriosirli.

Tuttavia, uno dei due dei matrimoni sul quale stavamo già lavorando è saltato. Gli sposini si rifiutano di farcelo organizzare a causa del loro credo religioso.

Come previsto, io e James Grant siamo diventati Sodoma e Gomorra.

Per tale ragione, quest'oggi, prima di recarmi allo showroom, ho deciso di fare due passi lungo il boardwalk.

La vista dell'oceano dovrebbe calmarmi ma sono ancora troppo pensierosa per riuscire a trovare un po' di pace.

Rimango immobile a fissare le onde per diversi minuti. Vorrei scappare, salpare su una nave e non tornare mai più.

«Credevo che fossi fuggita a Cuba!» afferma una voce familiare… è quella di James.

Lo scruto con attenzione.

Come me, anche lui sembra stanco e sconvolto.

So che è stato lui a mandare via la stampa appollaiata davanti al nostro edificio.

«Grazie per quello che hai fatto con i giornalisti… Carol mi ha detto che li hai cacciati via» dichiaro, imbarazzata per la sua presenza.

Nella mia mente ho numerosi flash dell'ultima notte che abbiamo passato insieme, ogni singola cosa detta o fatta.

«Vera, dobbiamo parlare. Ci sono tante cose da dire riguardo a ciò che è accaduto tra di noi» dichiara, sfiorandomi un braccio.

All'istante, faccio un passo indietro.

Non ho alcun'intenzione di ricascarci, so perfettamente l'effetto che James è in grado di farmi.

Ho già rovinato abbastanza la mia reputazione, perché mi sono lasciata andare a un flirt con lui.

«No, meglio evitare. Non penso che ci sia molto da dire» aggiungo.

«Hai la minima idea di cosa voglia dire per un uomo vedere la sua donna fotografata mezza nuda e sbattuta su un giornale alla mercé di tutti?» chiede.

«Io non sono la tua donna, né tantomeno la tua ragazza. Sappiamo entrambi che cosa vuoi ricavarne da tutto ciò» dichiaro, puntando il dito prima su di me e poi su di lui, più volte.

«Tu sai perfettamente che cosa voglio da te. Sai anche che sono pronto a preparare migliaia di torte di matrimonio, per starti vicino o renderti felice. Possiamo far finta che tra di noi non sia accaduto nulla, che non ci sia una forte attrazione o altro, ma sappiamo entrambi che ciò è soltanto una menzogna» continua, spiazzandomi.

Lo fisso per qualche istante, sconvolta per le sue parole.

Non riesco a credergli e non voglio creare ulteriori problemi all'attività della mia famiglia, facendogli perdere altri clienti solo per colpa dei miei bisogni e desideri.

Non sono l'unica a sopravvivere grazie al nostro lavoro. Inoltre, non voglio più passare per una sgualdrina davanti agli occhi di tutta Atlantic City.

Rimango in silenzio a fissare James per un attimo ancora e poi, mi allontano da lui.

Non posso permettermi di amarlo.

CAPITOLO XII

James

Dio mio, non posso pensare a quello che sta facendo!

Sono passate quattro settimane dal nostro ultimo incontro e ancora, Vera si rifiuta di avvicinarsi a me, parlarmi o ragionare.

Come fa una donna a essere così cocciuta!?

Ma soprattutto, come ha fatto un uomo come me a innamorarsi di una donna così fissata con i matrimoni?

Me la sono cercata, questa è la verità. Mi sono lasciato sedurre dal lato oscuro.

In un primo momento ho deciso di stabilirmi accanto a tale, dopodiché ci ho interagito e infine, ci ho anche lavorato e fatto sesso.

E a quel punto, è stato un lento sprofondare nell'oscurità.

Da *attrazione fatale* ad *amami finché morte non ci separi*!

Odio questo status quo!

Voglio cambiare le carte in mio favore, non importa come!

In questo istante sto osservando Vera da lontano, mentre si dirige dalla sua auto allo showroom. È l'unico momento della giornata in cui i nostri sguardi si incrociano.

La mia piccola dose di droga giornaliera.

Per anni, non ho mai sopportato i legami fissi e il matrimonio, ma adesso la cosa che non sopporto è non avere una singola chance per provare entrambe le cose con l'unica donna che voglio al mio fianco.

«Ho bisogno di un muro per sbatterci la testa» mi lamento ad alta voce.

«Capo, ascolta... forse ho una soluzione, ma le percentuali di rischio sono molto alte» dichiara Alfredo, dandomi una pacca sulla spalla.

«Sono disperato, sono pronto a tutto pur di riaverla! Me ne fotto delle percentuali di rischio!»

«Okay…» aggiunge. «Qual è la cosa in grado di far incazzare qualsiasi donna maniaca del controllo e molto probabilmente, innamorata di un uomo fissato con le donne?»

Alfredo si merita un aumento.

Non rispondo, mi limito a sorridere maliziosamente.

Vera deve perdere le staffe, del tutto. Deve sentire la situazione sfuggirle di mano… e l'unico modo per raggiungere tale scopo è farla ingelosire.

Devo provocarle una reazione violenta, tanto da farmi picchiare, così sarà costretta a parlarmi.

Come ho fatto a non pensarci prima?

***

Trovare una ragazza disposta a tenermi il gioco e fare ingelosire Vera è stato molto facile.

Mi sono rivolto a una delle sorelle dei miei assistenti, una giovane influencer di moda sempre alla ricerca di qualche soldo extra, Courtney.

Essere famosa online, non le paga l'affitto. Infatti, mi è bastato proporle duecento dollari per accompagnarmi dal negozio alla mia auto per pochi minuti, indossando il vestito più succinto nel suo armadio, per farla accettare immediatamente.

In più, è una bellissima ragazza dai capelli rossi… è perfetta per il ruolo dell'amante.

Forse il suggerimento di Alfredo è stato un po' drastico ma sono disperato.

Da circa un'ora, insieme a Courtney, siamo in attesa della chiusura dello showroom di Vera. Così da incrociarla nello stesso momento in cui lei si dirigerà verso la sua auto, la quale è parcheggiata di fronte a *Confetti*.

Come sempre, verso le nove di sera, Vera varca la soglia dello showroom per tornare a casa.

Un po' mi dispiace farla soffrire in questo modo, ma sono un uomo messo alle strette e senza alternative.

Appena la vedo da dietro la vetrina del mio negozio, afferro la mano di Courtney e insieme ci avviciniamo alla mia auto, scherzando tra di noi.

Per fare imbestialire Vera ancora di più, cingo i fianchi di Courtney e le sussurro all'orecchio, dandole un bacio sulla guancia e sotto il lobo dell'orecchio.

Devo dire che la sorella del mio assistente è una bravissima attrice, perché inizia ridacchiare e a fare subito la ragazzina innamorata.

Avvicino Courtney alla portiera dell'auto, dal lato del sedile del passeggero e mi posiziono davanti a lei, così da controllare le reazioni di Vera.

Quest'ultima è insieme a sua sorella Katie, la quale è impegnata ad abbassare la saracinesca del loro negozio.

Vera sta provando a non osservarci, ma i pugni stretti e l'espressione infuriata sul suo volto esprimono ben altro.

Mi viene da ridere, finalmente sta avendo una reazione dopo settimane di silenzio.

Tuttavia, appena i nostri sguardi si incrociano e io mi avvicino a Courtney per baciarla di nuovo sul collo, lo sguardo omicida di Vera mi colpisce in pieno.

Non è soltanto infuriata ma anche triste, infatti i suoi occhi sono umidi. Si nota da lontano un miglio che sta lottando contro se stessa per non avere una reazione, per fermarmi dal continuare a flirtare con la rossa tra le mie braccia.

Da una parte sono felice di questa sua reazione, dall'altra mi si sta spezzando il cuore.

La osservo allontanarsi con sua sorella e poi, darle le chiavi. Deve essere troppo nervosa per guidare.

«Andiamo via, Katie. Non mi va di assistere a certi spettacoli porno da quattro soldi!» sbraita ad alta voce, prima di salire in auto.

«Buona serata, James» mi saluta Katie.

A quanto pare, il suggerimento di Alfredo ha funzionato.

Anche se Vera si rifiuta di cedere.

Non è un problema.

In fondo, Courtney ha bisogno di soldi.

Tornato in negozio, ripenso a tutto quello che è appena successo e mi rendo conto di una cosa.

Non importa quanto Vera stia provando a mentire a se stessa e a me.

Lei non mi odia e presto, si renderà conto che il lavoro non è tutto nella vita.

EPILOGO

Vera

Non posso credere che James l'abbia fatto veramente!

Che sia già passato a un'altra, dopo avermi confessato di essere pronto a preparare migliaia di torte, pur di rendermi felice e stare con me!

Che bastardo! Come si fa a essere così bugiardi e a giocare con i sentimenti delle persone?

Un uomo a cui interessa una donna, di sicuro non si comporta in questo modo, dando spettacolo proprio davanti al suo negozio!

Ho fatto benissimo a non dargli corda e ad andarci a letto soltanto due volte.

James Grant non si merita nulla, tranne che un calcio nel sedere e di fallire con la sua attività. Così da lasciarmi l'intero locale, per farci ciò che voglio!

La mia prima impressione era quella giusta, non l'opinione fasulla che mi sono fatta dopo.

James è un uomo alfa buono soltanto a far impazzire gli estrogeni.

Non ci posso credere, per poco, ho ceduto a una persona del genere. Per pochi istanti, ho provato amore nei suoi confronti!

«Vera, dovresti venire di là. Al bancone principale, ci sono degli sposi che ti stanno aspettando e che vogliono parlare con te» mi informa Carol, entrando nel mio ufficio.

Grazie al cielo c'è il lavoro che non smette mai di tenermi impegnata.

Il miglior modo per distrarmi da James Grant e da tutte le sue bugie.

Devono essere stati i suoi dolci ad avermi convinta a cedere. È stato il mio stomaco a tradirmi, non il mio cuore!

Forse è stata una reazione chimica creata dai dolciumi associati agli ansiolitici.

Afferro il mio tablet, cammino verso il bancone dell'entrata e dopo pochi istanti, rimango pietrificata.

Davanti a me ci sono due futuri sposi, i Barnes, e dietro di loro c'è James.

Che diavolo ci fa all'interno del mio showroom?

Vengo fermata appena in tempo dal buttarlo fuori, grazie alle parole dello sposo.

«Buongiorno, Miss Reid. Siamo qui per chiederle un favore» mi informa Mr. Barnes, mettendomi a tacere.

«Abbiamo letto sul giornale che gli invitati al matrimonio dei Jefferson sono rimasti molto soddisfatti del rinfresco. Quindi vorremmo il loro stesso *pacchetto* e avere il signor Grant come pasticciere» continua la sposina.

Stringo tra le mani il mio tablet e fisso James.

Non gli è bastato farsi vedere con quella sgualdrina da quattro soldi con i capelli rossi? Adesso, cerca pure di plagiare i miei clienti?

«No, non è possibile avere Mr. Grant come vostro pasticciere!» affermo categorica, continuando a guardarlo infuriata.

«Ma il signor James si è offerto di farlo, senza alcun problema» osserva la sposina, spaventata per la mia reazione brusca.

«Futuri signori Barnes, penso che sia il caso di spostarci al *Delicious Sin* e continuare lì la conversazione. Così da dar tempo a mia sorella e Mr. Grant di discutere in privato riguardo alla nuova collaborazione» afferma Carol, provando a calmare gli sposini.

«No!» sbraito all'istante ma Carol fa finta di non sentirmi.

Katie e Alyson la raggiungono e poi, accompagnano i Barnes fuori da *Confetti*.

Tuttavia, prima di andare via, le mie sorelle chiudono dall'esterno le porte dello showroom, impedendo a me e James di scappare.

Traditrici! Villane! Brute!

Non posso credere che mi abbiano tradita in questo modo con un uomo come lui!

Che cosa avrà mai promesso a quelle tre? Croissants gratuiti ogni mattina per colazione, per tutta la vita?

«Non ti avvicinare e va' via!» ordino a James.

«Non ho alcun'intenzione di farlo, fin quando non comincerai a ragionare» ribatte immediatamente.

«Perché sei qui? Torna dalla tua bellissima ragazza dai capelli rossi. Cos'è, già ti sei stancato di lei?»

«Sei gelosa?» mi domanda, facendo un passo verso di me.

«Perché mai dovrei essere gelosa di un uomo che fa promesse fasulle e poco dopo, continua per la sua strada come se nulla fosse? Perché sei venuto qui con la coppia di sposi? Cosa c'è, hai di nuovo bisogno di soldi? Per questo vuoi lavorare con noi?» domando.

«Smettila di utilizzare il tuo lavoro come scusa e come scudo per allontanarmi. Lo sai che cosa penso? Che tu abbia semplicemente paura di innamorarti. Hai passato tutta la vita ad aiutare centinaia di donne a realizzare i loro sogni, a osservarle convolare a nozze e ora, hai solo paura di farlo anche tu. Hai paura di raggiungere la stessa felicità o di non essere in grado di farlo» dichiara, camminando verso di me.

«Non ti avvicinare!»

«Nulla mi terrà lontano da te, fattene una ragione. Collaborerò con questo showroom e soprattutto, ti bacerò ogni giorno» afferma, raggiungendomi.

«Non ti azzardare a farlo» dico, puntando un dito sui suoi pettorali.

Tuttavia, all'istante mi riaffiorano alla mente i suoi baci, le nostre notti infuocate e tutto il resto.

Soprattutto, mi riaffiorano alla mente tutti sogni che non smetto di fare ogni notte di noi due insieme, nei quali ci strappiamo i vestiti di dosso e lui mi dichiara il suo amore.

Non devo soccombere!

«Vera, lasciati andare» mormora James, prendendo il mio viso tra le sue mani e poi, mi bacia.

Cerco di resistere. Provo a farlo, lottando con tutte le mie forze contro il mio cuore, tanto da avere le lacrime agli occhi.

Ma poi, il mio cuore ha la meglio… lo sento battere all'impazzata.

Lo sento vivo, ardente e desideroso di un'unica cosa… l'amore di James.

Non riesco a più resistere, sto crollando.

Inizio baciarlo anche io e finalmente, mi butto dietro le spalle ogni ansia, ogni paura.

Questo pasticciere dai modi alfa e dal carattere insopportabile mi ha fregata.

Mi ha fatto innamorare di lui.

Non ho idea di come abbia fatto, però so soltanto una cosa… qualsiasi cosa accadrà, ogni tanto vedrò di maledirlo.

Così, tanto per ricordargli come ci siamo innamorati l'uno dell'altra.

L'AUTRICE

Nata a Messina nel 1983, dove si è laureata diversi anni fa, Aura Conte scrive libri che spaziano dalla Narrativa femminile ai Thriller.

Tuttavia, è prevalentemente conosciuta grazie al successo delle sue commedie romantiche (Chick Lit) e di molteplici Romantic Suspense.

Il suo primo libro è stato pubblicato nel 2009 e ora, ha all'attivo diverse decine di pubblicazioni tra romanzi, racconti e short stories.

Nel 2017, ha pubblicato in seconda edizione un suo romanzo storico "La sposa del capitano" con Libro/mania (progetto editoriale di De Agostini e Newton Compton).

Nel 2017 ha anche iniziato a collaborare con l'autrice Connie Furnari. Le loro storie scritte a quattro mani sono conosciute come #Furconte.

Tutti i suoi libri sono disponibili su Amazon.
Sito ufficiale: auraconte.com
Twitter: twitter.com/auraconte
Facebook: facebook.com/auraconte
Instagram: instagram.com/auraconte

INDICE

Printed in Great Britain
by Amazon